Analyse de l'œuvre

Par Thibaut Antoine

Sapiens, une brève histoire de l'humanité

de Yuval Noah Harari

Analyse de l'œuvre

Par Thibaut Antoine

Sapiens, une brève histoire de l'humanité

de Yuval Noah Harari

lePetitLittéraire.fr

Rendez-vous sur lepetitlitteraire.fr et découvrez :

Plus de 1200 analyses
Claires et synthétiques
Téléchargeables en 30 secondes
À imprimer chez soi

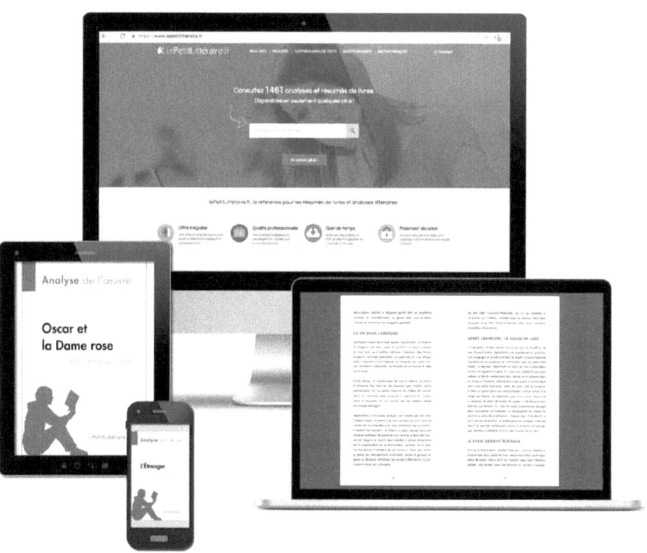

SAPIENS, UNE BRÈVE HISTOIRE DE L'HUMANITÉ

COMMENT L'HOMO SAPIENS EST-IL PARVENU À DOMINER LA PLANÈTE ?

- **Genre :** essai.
- **Édition de référence :** *Sapiens, une brève histoire de l'humanité*, traduit de l'anglais par Pierre-Emmanuel Dauzat, Paris, Albin Michel, 2015, 501 p.
- **1re édition :** 2015
- **Thématiques :** Évolution, humanité, préhistoire, révolution agricole, révolution industrielle, fiction, capitalisme

Publié en 2011 en hébreu, puis en 2015 en anglais (traduit par l'auteur lui-même), *Sapiens, une brève histoire de l'humanité* est un ouvrage ambitieux. Ce livre, s'adressant à un public non spécialiste, tente de retracer la trajectoire de l'*homo sapiens*, depuis l'émergence des premiers représentants du genre *homo* jusqu'à nos jours. En se basant sur l'état actuel de la science et en puisant dans diverses disciplines, l'auteur propose même, en fin d'ouvrage, des pistes d'évolutions possibles pour le futur.

Si l'auteur est historien, *Sapiens* n'est pas seulement un livre d'histoire : s'y mêlent l'économie, la biologie, l'anthropologie et la science. Avec érudition et en utilisant un langage très clair, l'auteur tente de répondre à cette question complexe : comment et par quels moyens notre espèce a-t-elle réussi à dominer la planète ?

L'ouvrage a été traduit en plus de quarante langues. Ce succès planétaire a donné lieu à une suite, intitulée *Homo deus, une brève histoire de l'avenir* (2017), et a récemment été adapté en bande dessinée.

YUVAL NOAH HARARI

HISTORIEN ISRAÉLIEN

- **Né en 1976 à Kiryat-Ata (Israël).**
- **Quelques-unes de ses œuvres :**
  - *Homo Deus : Une brève histoire de l'avenir* (2017), essai
  - *21 leçons pour le XXIe siècle* (2018), essai

Yuval Noah Harari est actuellement historien à l'Université hébraïque de Jérusalem. Après avoir obtenu son doctorat au *Jesus College* de l'Université d'Oxford en 2002, il se spécialise en histoire médiévale et militaire. Il devient enseignant d'Histoire mondiale à l'Université hébraïque de Jérusalem en 2005. Il pratique par ailleurs quotidiennement la méditation bouddhiste *Vipassana*. Cette discipline occupe une place importante dans sa vie et il l'aborde dans plusieurs de ses ouvrages.

C'est avec son livre *Sapiens, une brève histoire de l'humanité* qu'il se fait connaitre du grand public. Bien qu'ayant pris plusieurs années pour s'imposer sur la scène internationale, le livre a connu un succès phénoménal (12 millions d'exemplaires vendus). Le magazine *The Economist* a qualifié l'auteur de premier vrai « intellectuel global du XXIe siècle ». Ses ouvrages suivants, *Homo Deus* et *21 leçons pour le XXIe siècle* (tous deux publiés chez Albin Michel), sont également des *best-sellers*.

Yuval Noah Harari est désormais une figure intellectuelle mondiale incontournable, consulté par de grands dirigeants (dont Emmanuel Macron et Angela Merkel) et invité au sommet de Davos – une réunion annuelle portant sur les problèmes urgents de la planète entre des représentants politiques, économiques et intellectuels du monde entier – pour y parler de ses travaux.

RÉSUMÉ

HOMO SAPIENS : AU SOMMET DE LA CHAINE ALIMENTAIRE

Pendant des centaines de milliers d'années, l'*homo sapiens* n'a représenté qu'une espèce du genre *homo* parmi d'autres. Malgré une constitution physique qui ne le prédisposait pas à régner sur le monde, il s'est hissé au sommet de la chaine alimentaire. L'essor d'*homo sapiens* s'accompagne du déclin des autres espèces d'*homo*. Il y a 70 000 ans environ, les autres espèces (Néanderthal, *homo florensis*, etc.) ont vu leur croissance démographique s'effondrer. Ce changement brutal à l'échelle de l'évolution a été engendré, selon la thèse de l'auteur, par une révolution cognitive propre à l'*homo sapiens*. Grâce à elle, notre espèce a effectué un saut qualitatif dans sa relation au monde et à ses pairs. De nouvelles façons de penser et de communiquer sont apparues, rendant possible l'art, la religion, le commerce et les hiérarchies sociales. L'origine de ce saut qualitatif est encore méconnue.

Le langage n'est pas (et n'a jamais été) l'apanage des *homo sapiens*. Mais chez les autres animaux, il porte sur le monde réel : il est instrumental et sert exclusivement à la survie de l'espèce. Selon l'auteur, le langage des *homo sapiens* a commencé à se différencier il y a 70 000 ans environ. La possibilité que renferme le langage humain de se détacher du monde réel (en construisant des fictions par exemple) a d'abord rendu possibles le commérage et le bavardage. Ces fonctions du langage ont servi de bases à une coopération plus fine et plus complexe entre les membres de l'espèce. Ce langage humain permet de transmettre des informations sur des choses qui n'existent pas, alors que le langage animal ne permet qu'une communication rigide et entre individus d'une même communauté (comme, par exemple, chez les abeilles). Grâce à son versant fictionnel, le langage humain permet de communiquer de manière flexible et avec un grand nombre d'individus, au-delà des limites de la communauté. États, Églises, empires, systèmes financiers s'enracinent dans des fictions de langage, fruits de l'imagination collective. Le commerce, par exemple, est une activité humaine basée sur la confiance entre les deux parties de l'échange.

LA SÉDENTARISATION

10 000 avant notre ère environ, dans plusieurs régions du monde, l'*homo sapiens* a commencé à cultiver et à domestiquer les animaux. Alors que les chasseurs-cueilleurs ne consacraient que deux à trois heures par jour à la recherche de nourriture, l'*homo sapiens* sédentarisé consacre la plupart de son temps aux travaux agricoles. L'agriculture, et particulièrement la culture du blé, a contribué à assurer plus de vivres par unité de territoire, permettant à l'*homo sapiens* une croissance exponentielle sur le plan démographique. Cette sédentarisation a constitué un avantage du point de vue de l'évolution de l'espèce, mais une perte en qualité de vie pour les individus (plus de vulnérabilité aux maladies, alimentation moins diversifiée, dures journées à travailler la terre, etc.).

L'agriculture a constitué un piège, car elle a empêché tout retour en arrière. La sédentarisation a eu pour conséquence de fixer les hommes dans des maisons, de les séparer du reste de la communauté (au moins pendant les temps de repos), faisant d'eux des créatures plus égocentriques. Elle a également fait surgir le besoin de se représenter le temps et, plus particulièrement, le futur. Il faut, en effet, organiser l'agriculture, la projeter sur des années, afin de se préparer aux potentielles mauvaises récoltes. Mais les surplus de nourriture, initialement prévus pour compenser les années maigres, ont, avec la croissance démographique des villages et des villes, été réquisitionnés par les souverains et les élites, dans le but d'alimenter la vie politique, la guerre, l'art, la philosophie... C'est l'excédent de ces récoltes qui, jusqu'aux Temps Modernes, a nourri les élites.

Le regroupement des individus en groupes toujours plus grands (villages, ville, etc.) a entrainé davantage de conflits, qu'il a fallu résoudre en créant des réseaux de coopération. Les normes sociales qui sous-tendent ces réseaux reposent sur l'adhésion à des mythes partagés. Les mythes partagés ont beau n'avoir aucune valeur objective, être le fruit de l'imagination, il n'en demeure pas moins qu'ils régissent la société. Selon l'auteur, la religion, la justice, l'argent (mais aussi les Droits de l'homme, ou encore le capitalisme) sont des ordres imaginaires. Ils reposent sur le fait que la majorité des individus y croient. Si tout le monde cessait d'y croire, ils s'effondreraient.

Entre 3500 et 3000 avant notre ère, les Sumériens ont inventé l'écriture, ce qui a permis de stocker matériellement des informations relatives à la vie en société et de soutenir et renforcer les ordres imaginaires. Peu à peu, l'écriture s'est libérée de sa fonction uniquement comptable et bureaucratique pour être investie dans la poésie et les récits. L'écriture a progressivement changé la façon dont les hommes pensent et voient le monde.

ARGENT, EMPIRES ET RELIGIONS

Selon Yuval Noah Harari, l'histoire a un sens : elle progresse vers une plus grande unité. Environ 10 000 ans avant notre ère, la planète abritait des milliers de « mondes humains », n'ayant aucun lien entre eux, se développant indépendamment selon leur propre culture. Aujourd'hui, la quasi-totalité des humains partagent les mêmes systèmes géopolitique, économique, juridique, scientifique, etc. Cela ne veut pas dire que la culture mondiale est homogène, mais que les différentes cultures parlent un même langage (celui de l'argent, du droit international, de la science, etc.).

Au cours du premier millénaire avant notre ère, trois ordres potentiellement universels se sont imposés sur le monde afro-asiatique – qui contient le continent européen – : l'ordre monétaire (économique), l'ordre impérial (politique) et l'ordre des religions universelles (christianisme, bouddhisme, etc.) :

- L'argent est apparu quand les sociétés agricoles ont commencé à croître. Les chasseurs-cueilleurs échangeaient parfois des objets entre communautés, mais les services de base étaient assurés à l'intérieur du groupe. La croissance des villes a nécessité une spécialisation des fonctions des individus et un éloignement les uns des autres. Le troc est arrivé à ses limites avec l'expansion des villes. Il fallait trouver un autre moyen d'échange efficace pour augmenter la fluidité des transactions et les simplifier. En soi, l'argent ne vaut rien. Il faut que l'ensemble de la société lui attribue une valeur. Pour l'auteur, « la monnaie est le système de confiance mutuelle le plus universel et le plus efficace qui ait jamais été imaginé » (p. 215). Les élites, en exigeant des impôts sous forme de monnaie, ont poussé le peuple à croire en l'argent, en sa valeur. Très rapidement, l'or et l'argent (le métal) ont constitué, à l'échelle de tout le continent afro-asiatique, la principale monnaie d'échange. Si les peuples baignaient dans des cultures différentes, tous croyaient en la monnaie. Le commerce mondial pouvait émerger... et les empires avec.

- Les empires sont des ordres politiques qui présentent deux caractéristiques : ils règnent sur un grand nombre de peuples distincts, ayant chacun leur propre identité culturelle, et leurs frontières sont flexibles, potentiellement illimitées. À terme, un empire contribue grandement à réduire la diversité humaine.

- La religion a accompagné la révolution agricole. Elle est basée sur la croyance en l'existence d'un ordre surhumain. La conversion massive des non-croyants est apparue avec les monothéismes – les religions basées sur la croyance en un seul Dieu. L'ordre politique mondial repose aujourd'hui sur des fondations monothéistes.

DE LA SCIENCE AU CAPITALISME

Jusqu'en 1500 environ, les hommes de science étaient tournés vers la préservation des capacités existantes : les souverains finançaient les prêtres, philosophes et autres hommes d'esprit dans l'espoir de légitimer leur pouvoir et de maintenir l'ordre social. L'idée de progrès n'était pas répandue. C'est au cours des cinq derniers siècles qu'est apparue la conviction que le savoir, et la science en particulier, pouvait améliorer les capacités humaines et donc augmenter le pouvoir de ceux qui le détiennent. La science moderne, véritable révolution de l'ignorance, part du constat que l'homme ignore plus de choses qu'il n'en connait. En quête de nouvelles connaissances, elle élabore de nouveaux savoirs qui servent à l'acquisition de nouveaux pouvoirs et à l'invention de nouvelles technologies, utilisées notamment pour la guerre. La conquête du savoir s'est alliée à la conquête de nouveaux territoires, pour faire de l'Europe l'empire le plus important des Temps Modernes. La recherche scientifique étant très coûteuse, elle est financée par des élites qui, en retour, y trouvent un intérêt. Mais, pour l'auteur, la révolution scientifique ne s'arrête pas à un progrès « aveugle », ayant pour seul but de gagner en confort et en sécurité. L'horizon qui soutient ce progrès n'est rien de moins que la recherche de la vie éternelle.

Ce n'est qu'avec l'avènement de la notion de progrès que la croissance économique a été possible. Avant la révolution scientifique, l'homme croyait à un monde clos et sans évolution. Croire au progrès, c'est croire que les découvertes peuvent accroitre la richesse. Cette confiance s'est accompagnée, peu à peu, de la création du crédit bancaire à grande échelle. Dans l'économie prémoderne, on avait peu de confiance en l'avenir : on accordait donc peu de crédit, l'argent circulait peu, ce qui aboutissait à une croissance lente. Dans l'économie moderne (capitaliste), la grande confiance en l'avenir a entraîné le développement des crédits, qui a engendré une croissance rapide.

Un autre point distingue l'économie prémoderne de l'économie moderne. Dans l'économie prémoderne, la production aboutissait à l'augmentation de la richesse, mais cette richesse était stockée sous une forme ou sous une autre. Elle n'augmentait qu'en fonction de la production et n'était pas réinvestie. Dans l'économie capitaliste, les profits sont réinvestis pour augmenter la production, ce qui engendre une croissance importante. Un État qui autorise librement les transactions sera favorisé par les investisseurs, au détriment des États imposant plus de réglementation. Le libre-échange s'est alors naturellement imposé dans presque toutes les régions du globe.

LA RÉVOLUTION INDUSTRIELLE

L'économie capitaliste nécessite une grande quantité de ressource. La révolution industrielle (XIXe siècle) a été une révolution de la conversion énergétique. L'homme a trouvé le moyen d'exploiter des ressources qui, jusqu'alors, n'étaient pas considérées comme telles. La libération de grandes quantités de matières premières s'est soldée par une explosion de la productivité. Une des conséquences de cette augmentation de la production est que l'offre a rapidement dépassé la demande, poussant l'humanité vers la surconsommation.

La révolution industrielle s'est accompagnée d'une profonde mutation du modèle familial. Les métiers se spécialisant progressivement, les travailleurs sont devenus de plus en plus interdépendants et de plus en plus isolés des liens traditionnels. L'État permettant à l'individu de s'éduquer (grâce à l'école), de se former, d'être protégé (police et justice) et de travailler, l'homme a eu de moins en moins recours à la communauté ou à la famille pour subvenir à ses besoins. Les États et les marchés ont affaibli les liens traditionnels familiaux et communautaires.

À l'époque prémoderne, l'État ne prenait pas en charge les besoins de l'individu, mais les liens communautaires très forts y palliaient. L'individu isolé n'avait que peu de chances de s'en sortir. À l'époque moderne, avec la monté en puissance de l'État et des marchés, l'individu a pu s'autonomiser par rapport à sa communauté d'origine, ce qui a affaibli les liens communautaires.

Ce nouvel empire mondial est, au vu de l'histoire, beaucoup plus pacifique que les empires des temps passés. La paix est devenue un objectif politique et les données montrent que la société est beaucoup moins violente aujourd'hui que dans les siècles passés.

ET APRÈS ?

La suite des *homo sapiens* n'est pas encore écrite, mais l'auteur dégage trois pistes qui contribuent à dessiner la révolution biotechnologique : le génie biologique, le génie cyborg et le génie de la vie inorganique :

- Le génie biologique consiste à modifier un organisme en agissant sur son code génétique ;

- Le génie cyborg consiste à mêler des parties organiques à des parties inorganiques (à travers des implants par exemple) ;

- Le génie inorganique est, quant à lui, purement informatique. C'est l'intelligence artificielle, mise au service de l'augmentation de l'humain.

Ces trois facettes de la révolution biotechnologiques concourent au projet Gilgamesh. Ce projet tire son nom du mythe de l'épopée de Gilgamesh, qui relate l'histoire du roi de la cité d'Uruk : conscient de sa faiblesse face à la mort, celui-ci part à la recherche de l'immortalité. Ce projet vise à faire de l'homme un être *amortel* (à la différence de l'immortel, l'*amortel* peut mourir de mort violente) : éradiquer la maladie, combattre les infections, les virus ou encore inverser le processus de vieillissement sont en effet des objectifs désormais à portée de main pour un ensemble de chercheurs en nanotechnologie et en génie génétique.

ÉCLAIRAGES

Sapiens ne se base pas sur une recherche d'archives, telle qu'elle est pratiquée par une grande partie des historiens, mais sur une revue de la littérature de différentes disciplines. C'est un travail de synthèse qui s'inscrit dans le vaste courant de l'Histoire globale. Développée dans les années 2000, l'Histoire globale se caractérise par une forte interdisciplinarité. Elle décloisonne les disciplines en intégrant les données des sciences, de la géographie, de l'anthropologie, de l'économie, etc.

Elle permet à l'historien de décentrer son regard (traditionnellement attaché à étudier une période et une zone données) et d'étudier le phénomène de la globalisation sur le long terme. Elle ne se limite pas uniquement à des recherches englobant l'ensemble de l'humanité, mais encourage les historiens à réaliser des recherches à plusieurs niveaux (du local au global). Les changements d'échelle, tant dans la dimension temporelle que spatiale, constituent une caractéristique majeure de cette approche. Ce procédé, en permettant l'établissement d'analogies et de parallélismes, permet d'identifier des connexions invisibles à l'œil de l'historien traditionnel.

Les comparaisons que l'Histoire globale permet d'effectuer entre zones et périodes éloignées permettent également d'éclairer certains phénomènes autrefois analysés séparément. L'histoire globale postule que les échanges et influences entre sociétés et cultures ne se font pas à sens unique, mais à double sens. Elle a également pour objet d'étudier la circulation des cultures et des savoirs.

Ce courant historiographique est plus répandu dans le monde anglo-saxon. En France, les travaux universitaires d'Histoire globale sont encore peu nombreux. La récente *Histoire mondiale de la France* (2017), dirigée par Patrick Boucheron, fait exception.

CLÉS DE LECTURE

L'HISTOIRE D'UN SUCCÈS PLANÉTAIRE

L'influence de la *Silicon Valley*

Publié pour la première fois en 2011 en hébreu, *Sapiens* est tiré d'un cours que donnait l'auteur sur l'histoire du monde à l'Université hébraïque de Jérusalem. Très critiqué à l'époque par ses collègues universitaires, le livre est cependant devenu, après quelques années, un *best-seller* international.

Peu après la sortie de *Sapiens*, l'auteur donne une conférence chez Google Tel-Aviv. Ce premier contact avec le monde de la *Silicon Valley* aura une grande importance pour la réception future de l'ouvrage, mais n'en précipitera pas le succès. Traduit par l'auteur lui-même, la version anglaise a, quant à elle, d'abord été refusée par vingt-cinq éditeurs américains, sous prétexte que l'auteur était inconnu.

En 2015, il est finalement accepté pour publication aux États-Unis (aux éditions *Harper Collins*). La même année, l'auteur donne une autre conférence, au siège de Google cette fois. Cette conférence intitulée « *Techno-religions et prophètes de silicium* » marque un tournant dans la réputation du livre. Quelques mois plus tard, Mark Zuckerberg en fait l'éloge sur Facebook. Puis c'est au tour de Bill Gates, et de Barack Obama de le louer publiquement. Les ventes décollent.

Honnêteté intellectuelle

L'ouvrage de Harari est ancré dans le XXIe siècle, époque où la prise de conscience des ravages de l'espèce humaine se joint à de nombreuses incertitudes quant au futur. Le progrès est remis en cause de toutes parts. L'auteur, qui s'inscrit évidemment dans son époque, ne se contente pas de retracer l'évolution de l'espèce humaine pour comprendre le présent, mais reconsidère l'histoire de l'*homo sapiens* à la lumière de la situation de crise que nous vivons. « Les coupables, c'est nous. Mieux vaudrait le reconnaître. Il n'y a pas moyen de retourner cette vérité » (p. 94), argumente-t-il quand il mentionne l'extinction de grands mammifères entre 12 000 et 7000 ans avant notre ère. Cette relecture de l'histoire de l'*homo sapiens* est tributaire d'une certaine honnêteté intellectuelle. Sans le citer, l'auteur évoque ici en filigrane les prémisses du concept d'anthropocène, la période géologique dans laquelle nous sommes actuellement, initiée par l'action dévastatrice de l'homme sur son environnement.

Un autre point renforce ce sentiment d'honnêteté intellectuelle : malgré l'ampleur de ce projet, et les nombreuses critiques qu'il a suscitées, Harari ne cache pas les limites de ses connaissances (et des connaissances de la communauté scientifique), en reprenant l'un des piliers qui, selon lui, définissent la science : « La science moderne repose sur le constat latin : *ignoramus*, "nous ne savons pas" » (p. 296).

Quelques effets de style

D'un point de vue formel, *Sapiens* contient de nombreux effets rhétoriques qui permettent de capter l'attention du lecteur.

- La plupart des chapitres se terminent par une série de questions qui découlent des arguments développés précédemment par l'auteur. Cette ouverture en fin de chapitre crée un effet d'attente, qui attise la curiosité et invite à la poursuite de la lecture. La trame narrative de l'histoire des *homo sapiens,* telle que nous la raconte Harari, n'est pas sans rappeler l'argument principal de l'auteur, qui est que toute société humaine est basée sur toute une série de fictions.

- Outre le fait que le livre est écrit dans un langage clair et compréhensible à tous (sans jargon universitaire), on y trouve d'innombrables exemples très concrets (atteignant souvent la taille d'un paragraphe) que l'auteur mobilise pour illustrer ses propos et s'assurer ainsi de ne pas perdre le lecteur.

- Harari a recours à de nombreux superlatifs, comme dans l'exemple suivant : « L'agriculture industrielle moderne pourrait bien être le plus grand crime de l'histoire » (p. 445). L'auteur prend position et suscite ainsi des réactions chez le lecteur (d'approbation ou de désapprobation).

- Il a également recours à des retournements d'idées couramment admises. Par exemple, en parlant de Galilée, Christophe Colomb ou Charles Darwin, Harari

nous dit que « si ces génies n'étaient pas nés, proba-
blement d'autres auraient-ils eu les mêmes intuitions.
Mais, sans les finances adéquates, jamais le brio intellectuel n'aurait suffi » (p. 319). L'idée, couramment
répandue, du génie ou de l'homme providentiel est ici
battue en brèche.

UNE RÉCEPTION CRITIQUÉE

Sapiens étant un livre de vulgarisation traitant d'un sujet
de grande ampleur, il ne prétend pas à l'exhaustivité.
Certaines simplifications et approximations n'ont pas
échappé aux spécialistes de différentes disciplines. De
l'Histoire (qui, rappelons-le, est son domaine), Harari dit
lui-même que « mieux on connait une période donnée,
plus il est dur d'expliquer pourquoi les choses se sont
passées ainsi et pas autrement. Ceux qui n'en ont qu'une
connaissance superficielle ont tendance à se focaliser
sur la possibilité qui a fini par se réaliser. Ils offrent une
histoire simpliste pour expliquer rétrospectivement
pourquoi cette issue était inévitable » (p. 281). Les travaux
historiques universitaires rigoureux contiennent de nombreuses ambiguïtés, car l'Histoire est une discipline plus
complexe et moins linéaire que la vulgarisation ne le laisse
penser. De ce fait, les travaux universitaires sont réservés
à un petit nombre de spécialistes. Le grand public y accède
généralement grâce *à des synthèses ou à des ouvrages de
vulgarisation* qui simplifient l'Histoire. L'auteur a ainsi été
critiqué sur divers aspects de son ouvrage :

• Sur le plan méthodologique : dans un travail universitaire, toute source doit être dûment citée, selon des

normes établies internationalement. L'auteur s'est vu reprocher un manque de rigueur : il mélange des idées bien acceptées par la communauté scientifique à d'autres qui ne font pas consensus, ce qui laisse à penser que toutes seraient unanimement adoptées. Par exemple, l'idée selon laquelle les religions ont été créées pour permettre à l'homme de coopérer à large échelle (idée empruntée à l'historien des religions Ara Norenzayan dans son livre *Big Gods. How Religion Transformed Cooperation And Conflict*) est utilisée comme un des piliers de la démonstration de Harari, sans qu'il soit mentionné que cette idée est loin de faire consensus parmi les chercheurs.

- Sur le plan philosophique : Hallpike (anthropologue anglo-canadien, né en 1938) a montré que Harari confond le matériel avec le réel et l'immatériel avec la fiction (comme si le réel était réductible au matériel et l'immatériel à la fiction). Harari pose sur le même plan (celui des fictions) les religions, l'argent, le droit, les mythes, les sociétés à responsabilité limitée, les institutions, le capitalisme, ou encore les commérages, qui cimentent le lien social. D'après Hallpike, ce n'est pas parce que les composantes de la culture sont immatérielles (ne peuvent donc être vues, touchées ou senties) qu'elles relèvent de la fiction. Le problème serait que Harari ne distingue pas la croyance de la convention. Ainsi par exemple, les croyances dans les fantômes ou les esprits, partagées par les membres de certaines cultures, découlent de l'expérience des individus et de leurs modes de pensée. Les conventions, en revanche, proviennent d'une décision collective et consciente, pour atteindre un objectif défini. Les conventions et les croyances ne se situent donc pas sur le même plan et Harari, en voulant simplifier, ne les distingue pas.

- Sur son point de vue : la vision de la révolution agricole et de ses conséquences délétères sur la qualité de vie des *homo sapiens* que propose l'auteur a également été discutée. Harari voit dans la révolution agricole « la plus grande escroquerie de l'humanité » (p. 104), avançant que la vie des fourrageurs (chasseurs-cueilleurs) était bien plus confortable que celles des cultivateurs, car les premiers *bénéficiai*ent d'une meilleure alimentation, étaient plus résistants aux maladies et n'étaient pas obligés de dédier leurs journées au dur travail de la terre. C'est oublier que la sédentarisation a présenté de nombreux avantages (ressources abondantes par endroits, protection contre les prédateurs, émergence de l'artisanat, etc.). La croissance démographique consécutive à ce changement de mode de vie a également présenté des avantages indéniables, permettant, entre autres, une plus grande richesse d'interactions sociales (Hallpike 2008).

LA THÉORIE DE L'ÉVOLUTION

Aucune étude de la préhistoire ne peut faire l'économie de la théorie de l'évolution, conceptualisée par Charles Darwin (naturaliste et paléontologue anglais, 1809-1882) dans son fameux livre *L'origine des espèces* (1959).

Cette théorie explique que, au cours des générations, chaque espèce vivante se transforme progressivement, en fonction notamment de ses interactions avec l'environnement. L'environnement évoluant sans cesse, les espèces n'ont que deux possibilités : l'adaptation (grâce à des mutations génétiques et donc morphologiques) ou l'extinction. Pour Darwin, le mécanisme principal de l'évolution est la sélection naturelle : les individus (de toutes espèces confondues) qui sont les mieux adaptés à leur environnement ont plus de chances de survivre et donc de transmettre leurs gènes aux générations suivantes. Longtemps, la théorie de l'évolution a été comprise comme une illustration de la « loi du plus fort ». Par exemple, un singe plus agressif aurait plus de chances d'écarter ses concurrents et donc de transmettre ses gènes aux générations suivantes. Mais cette vision simpliste de la théorie darwinienne ne peut intégrer les phénomènes de coopération et d'altruisme. En effet, dans cette perspective, c'est l'individu qui serait le moteur de l'évolution. C'est à son échelle qu'il faudrait étudier la transmission génétique et morphologique. Mais alors, comment expliquer que les phénomènes de coopération s'observent chez de nombreuses espèces ? On observe dans le règne animal d'innombrables exemples de comportements altruistes qui défavorisent l'individu (allant parfois jusqu'au sacrifice) au bénéfice des pairs, donc du groupe et, au final, de l'espèce. Par exemple, les abeilles se sacrifient en laissant leur dard sur l'ennemi, ou, chez certaines espèces d'oiseaux, des mâles célibataires protègent le nid d'autres couples. Ces observations ont amené les successeurs de Darwin à élaborer l'hypothèse que les groupes sachant coopérer présentent un avantage sur les autres groupes. La sélection naturelle, en plus d'agir sur les individus, agirait donc aussi sur l'ensemble du groupe. Edward O. Wilson (né en 1929), le père de la sociobiologie, résume cette idée : « l'égoïsme supplante l'altruisme au sein d'un groupe. Les groupes altruistes supplantent les groupes égoïstes » (D. S. Wilson, E. O. Wilson 2007 : pp. 42-46).

Certes, la coopération entre les membres d'un même groupe n'est pas l'apanage de l'*homo sapiens*. Mais dans notre espèce, elle atteint un niveau de complexité inégalé dans le règne des vivants. Grâce à son imagination (considérée ici comme la capacité de produire des images mentales, c'est-à-dire des représentations différées de la réalité) et au partage de croyances communes véhiculées par le langage, la coopération au sein de notre espèce a repoussé les déterminismes biologiques, qui faisaient de l'*homo sapiens* une espèce plus vulnérable que ce qu'elle est devenue. Cette faculté d'imagination a représenté un avantage considérable sur les autres espèce humaines (Neandertal, *homo erectus, homo florensis*, etc.). Selon Harari, la complexité de ses moyens de coopération a permis à l'*homo sapiens* de s'imposer et, à terme, d'exterminer toutes les autres espèces d'humains (bien que l'hypothèse de l'extermination ne soit pas la seule : l'hypothèse du métissage, selon laquelle un certain nombre d'autres espèces humaines se seraient mêlées à l'*homo sapiens*, est appuyée aujourd'hui par les études génétiques).

L'ORDRE IMAGINAIRE

Notre espèce s'est donc hissée au sommet de la chaine alimentaire grâce à sa capacité à élaborer des croyances communes, permettant des projets faramineux et une organisation jusqu'alors impossible.

Harari distingue deux ordres : l'ordre naturel (dont relèvent par exemple les lois de la génétique) et l'ordre imaginaire (dont relèvent la religion, l'argent, etc.). L'ordre imaginaire, en permettant la coopération au sein de l'espèce, agit comme un unificateur : « *Nous savons bien que les hommes ne sont pas égaux biologiquement ! Mais si nous croyons que nous sommes tous foncièrement égaux, cela nous permettra de créer une société stable et prospère* » (p. 138).

L'ordre biologique répond à une nécessité ; l'ordre imaginaire est contingent (il pourrait être différent). Pour Harari, si les empires, les religions et autres croyances qui rassemblent aujourd'hui des milliards d'individus ne sont que des fictions, qu'elles n'ont rien de biologique et donc de déterminé, il est possible de les modifier, en modifiant les histoires que nous nous racontons. La base biologique et génétique humaine évolue très lentement, mais le « logiciel fictionnel » de la culture transforme nos sociétés à une vitesse exponentielle.

Pendant des siècles, les Occidentaux ont vécu dans un monde structuré par le monothéisme (particulièrement le christianisme). Les valeurs de la religion (où l'ordre est transcendant) ont peu à peu été remplacées par les valeurs de l'humanisme. Selon l'auteur, l'humanisme est « la croyance selon laquelle l'*homo sapiens* possède une nature unique et sacrée, foncièrement différente de la nature de tous les autres animaux et de tous les autres phénomènes » (p. 270). En d'autres termes, l'humanisme est la foi en l'être humain, qui devient « la mesure de toute chose » (Protagoras).

L'auteur distingue trois types d'humanismes :

- l'humanisme libéral, qui a pour fondement la liberté individuelle. C'est aujourd'hui celui qui domine ;

- l'humanisme socialiste, qui donne quant à lui la part belle à l'égalité (dont l'idéologie communiste est un exemple souvent mentionné par l'auteur pour en montrer les limites) ;

- l'humanisme évolutionniste, selon lequel l'humanité peut évoluer ou dégénérer (idéologie dont les nazis se sont emparés dans leur projet de « protéger l'humanité » de la dégénérescence).

En séparant l'homme du reste du monde vivant et de la nature, l'humanisme (qu'il soit libéral ou non) a légitimé l'exploitation des autres espèces et des ressources naturelles et mené à la catastrophe écologique que nous vivons.

LE PROGRÈS, UNE CATASTROPHE ?

La notion de progrès

La notion de progrès a une histoire. La conception d'un temps linéaire, où l'humanité, en agissant, peut modeler le futur, est relativement récente. Dans l'Antiquité par exemple, le changement de l'état de la société était vu comme négatif et justifié par les mythes de l'âge d'or et de la décadence. L'époque idéale était révolue (même si des nuances doivent être apportées sur ce point, voir Jules Delvaille, *Essai sur l'histoire de l'idée de progrès jusqu'à la fin du XVIIIᵉ siècle*, 2018).

Dans l'Occident médiéval, structuré par la pensée chrétienne, l'idée de progrès a longtemps été rattachée à l'idée de salut. Le progrès avait une dimension morale. Jacques Le Goff (historien français, 1924-2014), dans *La civilisation de l'Occident médiéval* (1964), a montré que le progrès technique existait au Moyen Âge, mais n'avait pour unique but que la subsistance. Il n'y avait pas d'aspiration collective à un avenir meilleur.

Au XVIIIᵉ siècle, les philosophes des Lumières ont, quant à eux, hissé le progrès en véritable idéologie, soutenant un projet de réforme intellectuelle et scientifique, mais surtout sociale et politique.

De la révolution industrielle au XXᵉ siècle, l'idée de progrès technique a régné en maitre sur les mentalités européennes. Mais de nos jours, cette idéologie est sérieusement remise en question, en raison notamment de la situation écologique planétaire.

Comment le livre de Harari s'articule-t-il à la notion de progrès ?

L'auteur nous dit que si l'*Homo sapiens* est devenu l'espèce dominante sur Terre, qu'elle s'est imposée, les individus, eux, n'ont pas forcément gagné en qualité de vie au fil du temps. Chacune des révolutions exposées dans le livre est marquée par des conséquences néfastes considérables pour les individus (même si l'espèce humaine continue sa croissance démographique). Prenons l'exemple de la révolution agricole : pendant 2,5 millions d'années, les Sapiens ont vécu en chasseurs-cueilleurs. À cette époque, survivre exigeait des capacités physiques et mentales dont la plupart d'entre nous, modernes, sont dépourvus. À bien des égards, la vie des chasseurs-cueilleurs était, selon Harari, plus confortable et gratifiante que celles des paysans qui ont émergé après la révolution agricole. L'alimentation des fourrageurs était très diversifiée, ils étaient très agiles physiquement (et donc en meilleure forme et moins vulnérables aux maladies) et consacraient beaucoup moins de temps aux durs travaux de la terre.

L'avènement des religions ou la révolution industrielle ont également permis à l'espèce de se développer, mais – est-il besoin de le préciser ? – ont eu de lourdes conséquences sur les individus. Selon Harari, l'être humain n'est pas plus heureux qu'il ne l'était dans les siècles passés. Le progrès est technique, certes, mais pas moral. Harari relativise toutefois sa critique, en admettant que l'évolution de la médecine et de la science a permis de réduire les famines, les maladies, etc. Cela dit, à l'échelle de l'évolution, les améliorations des deux derniers siècles ne sont peut-être qu'un soubresaut. Et la situation des autres espèces animales, dont nous dépendons pour vivre, se dégrade toujours plus rapidement.

En fin d'ouvrage, l'auteur plaide pour une Histoire qui prenne en compte la mesure du bonheur individuel. Ce point converge avec sa vision de l'évolution générale des *homo sapiens* : ce qui fait le bonheur (connaitre la vérité sur soi-même) pourrait bien ne pas dépendre des conditions matérielles de l'époque. En d'autres termes, le progrès technique ne rend pas plus heureux.

Le dernier chapitre est une spéculation consacrée au futur des *sapiens*. La science permettra à notre espèce de s'abstraire des lois de la sélection naturelle en repoussant ses limitations, notamment grâce à l'intelligence artificielle et la manipulation génétique. Ceci marquera, selon l'hypothèse de Harari, la fin du genre *homo*.

PISTES DE RÉFLEXION

QUELQUES QUESTIONS POUR APPROFONDIR SA RÉFLEXION...

- Expliquez en quoi le développement de la science est nécessairement lié à celui du capitalisme.

- En quoi *Sapiens, une brève histoire de l'humanité* peut-il être rapproché d'un ouvrage de fiction ?

- Selon Harari, l'humanité suit une trajectoire qui tend à l'unification. Expliquez.

- En quoi la présence de l'État est-elle indispensable au développement de l'individualisme ?

- Quelles hypothèses l'auteur avance-t-il pour tenter d'expliquer la domination masculine sur les femmes ?

- Comment la monnaie est-elle née ?

- En quoi l'hypothèse du métissage (qui expliquerait en partie la disparition de l'homme de Neandertal) pourrait-elle faire l'objet d'une récupération politique ?

- Qu'est-ce que la psychologie évolutionniste ? Quels arguments exposés dans *Sapiens* relèvent de ce courant ?

POUR ALLER PLUS LOIN

ÉDITION DE RÉFÉRENCE

- Harari Y. N., *Sapiens, une brève histoire de l'humanité*, Paris, Albin Michel, 2015.

ÉTUDES DE RÉFÉRENCE

- Delvaille J., *Essai sur l'histoire de l'idée de progrès jusqu'à la fin du XVIIIe siècle : thèse (ed. 1910)*, Paris, Hachette-livre, BNF, 2018.

- Hallpike C.R., *How We Got Here. From bows and arrows to the space age*, Bloomington, Indiana, AuthorHouse, 2008.

- Hallpike C. R., « A Response to Yuval Harari's 'Sapiens: A Brief History of Humankind » (2017), in *aipavilion.github.io*, consulté le 12/08/2021. URL : https://aipavilion.github.io/docs/hallpike-review.pdf.

- Le Goff J., *La civilisation de l'Occident médiéval*, Paris, Flammarion, 1964.

- Miller L., « Yuval Noah Harari, le disrupteur de l'histoire » (Traduit par Peggy Sastre), in www.slate.fr, consulté le 14/08/2021. URL : http://www.slate.fr/story/170106/yuval-noah-harari-disrupteur-histoire-silicon-valley-sapiens.

- Wilson D. S. et E. O. Wilson, « Survival of the selfless », *New Scientist*, vol. 196 (n° 2628), 2007 : pp. 42-46.

ADAPTATIONS

- Bande dessinée : *Sapiens – La naissance de l'humanité. Tome 1*, Harari Y. N., Casenave, D., Paris, Albin Michel, 2020

- 35 -

Votre avis nous intéresse !
Laissez un commentaire sur le site de votre librairie en ligne
et partagez vos coups de cœur sur les réseaux sociaux !

lePetitLittéraire.fr

- un résumé complet de l'intrigue ;
- une étude des personnages principaux ;
- une analyse des thématiques principales ;
- une dizaine de pistes de réflexion.

**Retrouvez
notre offre complète sur
lePetitLittéraire.fr**

ISBN version numérique : 9782808023474
ISBN version papier : 9782808023481
Dépôt légal : D/2021/12603/13

Conception numérique : Primento,
le partenaire numérique des éditeurs.